THE ICHINOSE FAMILY'S DEADLY SINS

5

Familie Ichinoses Wiedersehen

taizan5

Die Charaktere

Story

Der Mittelschüler Tsubasa Ichinose verliert bei einem Autounfall sein Gedächtnis. Wie sich beim Wiedersehen mit seiner Familie herausstellt, leiden auch alle übrigen Familienmitglieder unter Amnesie! Tsubasa begreift, dass er in seiner Traumwelt gefangen ist und versucht auf jede erdenkliche Weise auszubrechen. Bis er eines Tages völlig unvermittelt aus dem Koma erwacht. Doch das heißt nicht, dass seine Träume aufhören, denn Nacht für Nacht träumt er noch immer davon, wie er nach dem Unfall im Krankenhaus aufwacht. In seinen Träumen erinnert er sich an seinen Bruder Souta, der nicht mehr zu Hause ist, und über den in seiner Familie niemand reden will. Was für ein heikles Thema sein Bruder zu sein scheint, wird ihm klar, nachdem er Minako auf ihn angesprochen hat. Bedrückt akzeptiert Tusbasa, dass er ihn wohl nie mehr wiedersehen wird, als Souta plötzlich im Fernsehen auftaucht! Sofort begibt sich Tsubasa nach Fukui, wo er endlich auf seinen Bruder trifft...

Minako Ichinose

Tsubasas Mutter gibt sich immer gut gelaunt, doch wenn die Sprache auf Souta kommt, fährt sie aus der Haut.

Kakeru Ichinose

Tsubasas Vater isst ungern Scharfes. Er versöhnt sich mit Minako und empfängt Tsubasa warmherzig, als dieser aus dem Koma erwacht.

Shiori Ichinose

Tsubasas kleine Schwester geht inzwischen in die 11. Klasse. Auch wenn sie sich wieder mit ihm verträgt, geht sie zum Rest der Familie auf Distanz.

Souta Ichinose

Tsubasas älterer Bruder, der eine zentrale Rolle in der Familie spielte, ging von zu Hause fort, nachdem seine Zukunftsträume zunichtegemacht wurden.

Sachie Ichinose

Tsubasas Großmutter vertraut Tsubasa den Schlüssel zu Kozos Zimmer an und fällt dann aus unerklärlichem Grund in ein Koma.

Kozo Ichinose

Tsubasas Großvater war Physikprofessor an der Universität. Nach dem Unfall vor vier Jahren schritt seine Demenz so weit fort, dass er heute bettlägerig ist.

Kenta

Wohnt mit Souta zusammen.

Ayano

Wohnt mit Souta zusammen.

Yuki Nakajima

Tsubasas ehemaliger Klassenkamerad steht ihm mit Rat und Tat zur Seite, seit Tsubasa aus dem Koma erwacht ist.

The Ichinose Family's Deadly Sins

Inhalt

Aus dem Japanischen von Gandalf Bartholomäus

Kapitel 35: Tsubasas Leben
Danke fürs Warten! Hier das Spezialgericht des Hauses…
Unser Tojinbo-Curry!
Tojinbo
Wow! So hübsch angerichtet!

Tsubasa!
Sie können den Reis so fotografieren...
... dass er wie die hiesigen Klippen aussieht.
Sorry.
Kannst du den Tisch da drüben übernehmen?
Geht klar!
Die Strandhütte Tojinbo.
Souta arbeitet hier...
... und letzte Woche habe ich auch hier angefangen!
Strandhütte Tojinbo
Mensch!
Du bist uns eine Riesenhilfe, Tsubasa!
Das höre ich gern!
Du bist Soutas Bruder, oder?
Echt? Ihr seid so verschieden.
Tsubasaaa!

Wir kommen euch abholen!
Ayano und Kenta!
Chubasa!
Och.
Ihr seid ja eine herzige Familie!
Haha. Die halten uns für 'ne Familie.
Ja.
Haha!
Wir vier sind zwar nicht bluts-verwandt...
... aber wenn wir zusammen sind...
... fühlt es sich an wie eine echte Familie.

Strahlend blauer Himmel heute!
ZIIIRP
ZIRP
Wollen wir nachher spazieren gehen?
Ja!
WAAAAAH
Wir haben heute auch frei.
Du sollst nicht immer durch die Wohnung flitzen, Kenta!
Du Frechdachs!
Ah!

Haaalt!
BZZZN
Äh…
Das T-Shirt ist mir heilig, okay?
Wir haben alle das gleiche.
Hehe, so eins kannst du jederzeit nachkaufen.
BZZZN
Ich will nur nicht, dass es dreckig wird.
Apropos kaufen.
Heute ist Sonderverkauf im Tojinbo Mart!
Echt?
Dann haben wir keine Wahl, oder?!

Tojinbo Mart
Nur für kurze Zeit!
Begrenzt!
Schnäppchen am Morgen
Sonderverkauf
*So viele Gurken, wie in die Tüte passen (1 pro Kunde)
きゅうり詰め放題
* Popcorn, Extra Yummy, Kekse
** Milch
Hat echt Spaß gemacht!
War mein erster Sonderverkauf.
Was, wirklich?
Das erklärt auch, warum du...
... die Rabattaufkleber nicht kanntest.
Oh...
Ich dachte immer, je frischer etwas ist, desto besser...
Ach so.

Habt ihr so was öfter gemacht, Souta?
Ja.
Und wie! Die ganze Zeit!
Als ich klein war...
... hab ich die Tüten für Mama und Oma getragen.
Oha!
Wie ist deine Mutter denn so?
Falsches Thema, Ayano.
Oh...
Tut mir leid.
Das wollte ich nicht...

Darüber wird nicht gesprochen?
Genau.
Eine Art ungeschriebenes Gesetz...
... solange wir zusammenwohnen.
Die beiden wurden auch von ihren Familien verletzt.
Wir wollen vermeiden, alte Wunden aufzureißen.
Also...
... mit den beiden fühle ich mich...
Verstehe.
... viel wohler und sicherer...
... als bei meiner richtigen Familie.
Bestimmt ist das so, weil ...

... wir im Grunde Fremde sind.
So können wir netter zueinander sein.
Und wir respektieren uns mehr.
Verwandtschaft wird man nicht los, man klebt praktisch zusammen.
Und irgendwann verletzt man sich nur noch.
Davon können wir ein Lied singen, oder?
Souta.
Ich...
... würde gerne den Ort beschützen...
... den wir uns hier geschaffen haben.
Also...

Na schön.
Ah! Ich will ein Eis!
ソフト
ミニパフェ
Okay.
Und das da!
氷
Und das!
Souta wollte noch bei der Strandhütte vorbei.
Schaffst du das, Kenta? Hast du...
... noch eine Hand frei?
Jupp!
Es schmilzt schon!
Souta kauft ihm immer alles.
TRIIIEF
Mum.
Ich will auch ein Eis!
Nichts da!

*Parfait

**Eis

Von so viel Süßem kriegt man Karies!
Das ist so unfair, dass nur Shiori ein Eis kriegt!
Du hattest vorhin einen Donut!
Uh ... Wah ...
Und warum weinst du jetzt, Shiori?
Ah!
*Gelato
Das da will ich auch essen!
Hä?
Hör mal.
Reicht das nicht langsam?
Schnell!
Schnell!
Mist, Souta hat den Geldbeutel mitgenommen.
Sollen wir ihm nach?
Er ist schon zu weit.

Kenta.
Für heute hattest du genug Süßes.
Du bekommst noch ein Loch im Zahn!
Waaas?
ジェラート
自然派
Du kommst ...
... ja gar nicht mit essen hinterher!
Dein anderes Eis schmilzt schon.
Aber ich will das auch essen!
Das muss reichen.
Los, wir gehen jetzt.
Du hast genug Eis.
Sei kein Gierschlund!
Na gut...
Danke, Tsubasa.

Ich kann ihm auch selten einen Wunsch abschlagen.
Ach, alles gut.
Kenta ist ein braver Junge.
Souta ein verlässlicher Vater.
Und Ayano wie eine liebevolle Mutter.
Auf mich ist wohl weniger Verlass...
... aber ich wäre gerne der große Bruder!
Ich wünschte, wir hätten...
... ewig so weiterleben können.
Na ja...

Was zum?!
Hey!
Whoa! Was soll denn das?

Was zur Hölle, Kenta?
Trampel doch nicht darauf rum!
Hm?
Mann...
Du weißt doch, wie viel mir das bedeutet!
Hast du es runter-geworfen?
Du sollst doch im Haus keine Insekten jagen!
Uäääh...
Uh...
Uh...
Wääääh...
Komm.
Jetzt heul doch nicht!

Mensch, Tsubasa!
Du darfst ihn nicht ausschimpfen!
Äh…
Aber…
Seine Eltern haben ihn furchtbar behandelt.
Was, wenn du ihn retraumatisierst?!
Wir müssen ihn doch beschützen!
Aber…
Dein T-Shirt lässt sich ja wohl waschen.
Häng's halt woandershin!

Ich lasse nicht zu, dass er noch mehr verletzt wird.
Ein verletztes Herz...
... wird nie mehr so wie davor.
Tsu-basa.
Ich hab doch gesagt, dass du vom vielen Essen Bauchweh kriegst.
Au.
Es tut weh.
Ich hab dir Arznei geholt.
Ist das die Lö-sung?
Nichts anzu-spre-chen?
Nicht zu schimp-fen?
Was, wenn...
... Kenta etwas zustößt?
Chu-basa.

Gute Nacht.
Gute Nacht.

Jippiiie!
Hey, Souta!
Kenta tut's schon wieder!
Tsu-basa.
Du sollst nicht böse mit ihm werden.
Aber was dann?!
Ich möchte nicht...
Kapitel 36: Kentas Enthüllung
... dass wir uns dazu herablas-sen...
... uns gegen-seitig zu verletzen.

Oh, und wir beide müssen morgen arbeiten.
Kümmer dich bitte um Kenta, okay?
Hä?!
Lass uns aufräumen...
... Kenta.
Hff! Hff!
Hff!
Ich mag nicht!
Ich muss zur Schule.
Moment ...
Sei nicht immer so...
... egoistisch...
Aber ich hab das noch nie gemacht.
Hier, Chubasa!
Hä?

Ich muss heute mein Blumenprojekt mitnehmen.
Kannst du das für mich tragen?
Äh, okay...
Chubasa!
Da wären wir! Das ist meine Schule!
Oh. Schau an.
TADAAAM
Ob Kenta wohl...
...gut zurechtkommt an der Schule?
Guten Morgen!
Hallo, Kenta!
Oh.
Kenta, ist das dein...

Faire und fröhliche Klasse
Guten Morgeeen!
GUTEN MORGEN!
おはようございまーす!
Heute haben wir Besuch von Kentas großem Bruder.
Er schaut uns heute zu.
Also zeigt euch von eurer besten Seite, Kinder!
はーい
OKAAAY!
Sind Sie sicher, dass ich nicht störe?
Ja.
Du kannst gerne zusehen.
Okay…
Ich möchte auch noch mit dir über Kenta reden.
Hä?

Gibt's denn ein Problem?
7+5=13
Sieht alles normal aus.
Er hat viele Freunde und ist gut drauf.
Für dich, Chubasa.
Schnick, Schnack, Schnuck um den Pudding!
Schnick, Schnack...
Oh.

Kenta hat verloren...!
Das wollte ich nicht.
Du kannst meinen haben!
Oh, danke!
Wie nett von Maki.
Ja!
Kenta tut mir leid...
... weil seine Mama ihm nie Pudding kauft.

Das ganze Kollegium...
... und auch die Kinder...
... wissen um Kentas familiäre Situation.
Er tut uns allen leid.
Deshalb haben wir beschlossen, dass wir seine Zeit an der Schule...
... so schön wie möglich gestalten wollen.
Oh.
Ich verstehe.
Der arme Kenta.
Er ist doch so ein lieber Junge.
Er hat keine Mama, oder?
Ich hab gehört, seine Eltern wären toxisch.
Wir sind...
... für immer Kentas Freunde!

Bei uns wird niemand ausgegrenzt.
Wir kümmern uns besonders um die Schwachen.
Dem hat sich unsere Schule verschrieben!
Du kannst meinen Glitzer-Radiergummi haben.
Meinen silbernen auch!
Kenta!
Grüß bitte Souta und Ayano ganz lieb von uns.
Hä?
Sie kennen sie?
Klar!
Sie springen als Kentas Erziehungsberechtigte ein.
Obwohl sie keine Familie sind...
... sind sie füreinander da. Das ist so schön.
Souta ist wirklich ganz bezaubernd.
Du bist mehr als deine Herkunft!
Kenta
Wehre dich gegen toxische Eltern!
Du schaffst das!
Kenta!

Wir haben dich lieb, Kenta!
...
Komm, lass uns gehen.
Ah, Kazuki!
Kenta
Seid ihr befreundet?
Oh.
Ich bin für Kentas Nachhilfe zuständig.
Hast du dein Notizheft dabei?
Oh, nö.
Zuständig?
Hör mal...
... Kenta.
Ah!

Hey, Chubasa!
Ich hole schnell mein Lernheft!
Hä?
Warte! Ich will...
... mit dir reden...
Komm mit!
TACK
TACK
TACK
Jetzt hör doch mal.
Ist es nicht komisch, wie alle Mitleid mit dir haben?
Und dass Zuständige für dich eingeteilt werden?
Wenn du das nicht willst, dann musst du nur...
Beeilung!
Wo gehen wir...
... überhaupt hin?
Zu meinem echten Zuhause!
ガチャ
KLACK

Bin wieder daaa!
Chubasa. Weißt du...

BZZZN
Ich...
... bin superglück-lich...
... dass mir alle aushelfen.
So nett wurde ich davor noch nie behan-delt.
BZZZN
Nicht mal zu Hause.
Mit Mama und Papa...
... und mit dir zusammen zu sein...
... macht mir so viel Spaß.
Sorry...
... dass ich manchmal egoistisch bin.
Ich freu mich nur so, endlich einen großen Bruder zu haben.
Ab jetzt...

... benehme ich mich besser.
Ich tappte komplett im Dunkenl...
... was diesen Jungen anging.

Kenta, sorry noch wegen...
Hm?
ぱ WA
Wie, du hast die Hausaufgaben nicht gemacht?
Du gehst doch extra zur Nachhilfe!
Sorry!
Aber gestern hatte meine Mama Geburtstag...

Hm?
Ah!
Chubasa!
Was gibt's denn?
Äh.
Hast du ihn gerade geschlagen?
Nö.
Stimmt's?
Äh, also...
Was?
Wir spielen doch nur!
Warte mal...
Geh vor, Kazuki.
Äh.
Okay.
Ohne Scheiß, Kenta, du...
Was zum?!

Wie oft noch?! Ich hab ihn nicht geschlagen.
Und selbst wenn, der hat's eh viel zu gut.
Na, toll... Gerade, als ich dachte, ich hätte dich so weit.
Äh...
Du willst doch weiter einen auf Familie machen, oder?
Dann halt die Fresse oder ich verpetz dich bei Souta, dieser Nulpe.
Ob Mitgefühl oder elterliche Fürsorge...
Ich nehm alles, was ich kriegen kann.
Also komm mir nicht in die Quere.
Äh?

Du willst mir doch helfen...
... nicht wahr, Bruder?
Oder soll ich sagen...
Chubasa!
Und so hob sich der Vorhang...
... bei meinem chaotischen Leben mit meiner neuen »Familie«.

海の家
東尋坊
Genau.
Heute sind wir mit der ganzen Familie an den Strand gekommen.
Das Meer!
Der Strand!
Sonne!
Wir lieben...
... den Sommer einfach!
Vielen Dank!
Sie haben's gehört.
Das waren unsere heutigen Familien am Strand.
Haha!
Schwitzt du nicht, Chubasa?
Du bist so ein Braver.
Äh, nee.
Mir geht's gut.
Ein Familienleben, das noch mehr Chaos nach sich zog.

Der Sommer 2023...
18:23
8/7
Familien am Stran
... hatte begonnen.
Spinn ich?

Tsubasa.
Tsubasa.
Kapitel 37
Hah!
Hah!
Hah!
Chubasa!
Wach auf, Tsubasa.
Du hast Besuch.
Von wem?
Bitte nicht...

Tsubasa!
Da bist du ja!
Was machst du denn hier?!
Ich hab dich zufällig im Fernsehen gesehen.
Es sind Sommerferien, also dachte ich, ich komm vorbei.
Du bist es!!
Hä?

Kapitel 37:
Tsubasas
Konflikt

Mann, Nakajima!
Ist ja eeewig her!
Ich freu mich so!
Also…
Musst du gerade sagen.
Du bist doch auf einmal untergetaucht.
Es war einiges los.
Bei deiner crazy Familie…
Dachte ich mir.
Nakajima?
Möchtest du Gerstentee?
Nakachima!
Oh.
Danke.
Sind die beiden…
… Soutas neue Familie?
Nee, das sind alles Fremde.
SCHLÜRF
Hä?
Wir kennen uns nicht…
… aber wohnen trotzdem zusammen.

Warte mal, wie geht denn das?
Souta hat mich dazu ermutigt.
Aber gibt's da keine Probleme...
... so unter Wildfremden?
Probleme?
Nee.
Ni...
Nicht dass ich wüsste!
Echt nicht?
Wir verstehen uns prächtig.
Ich hab sogar 'nen Kuchen zum Geburtstag bekommen.
Fühl dich ruhig auch wie zu Hause.
Macht echt unfassbar Spaß mit denen.
Okay.
Aber...

Solltest du gerade nicht wo-anders sein?

Deine Familie hat echt zu kämpfen.
Ihr habt alle den gleichen Traum…
Die Drohbriefe…
Deine Schwester…
Willst du sie damit alleinlassen?
Die müssen umkommen vor Sorge, wenn du plötzlich weg bist.
Oder nicht?
Tsubasa…

Was?
Worum geht's?
Tsubasa.
Nakajima.
Geht ihr mit uns spazieren?
Auf dem Heimweg können wir am Bolzplatz vorbei.
Chubasa!
Ah...

Tsubasa. Gutes Spiel.
Hey... Nakajima.
Du...
... kannst echt nicht mehr gescheit kicken.
Ich bin schockiert!
Schau dich mal an! Du kriegst kaum mehr Luft!
Außerdem spiel ich seit der Mittelschule nicht mehr.
Oh. Stimmt.
Tsubasa.

Sag mal…
… erinnert dich dieser Ort auch an die Grundschule?
Jetzt, wo du's sagst.
Hat was vom Bolzplatz der Grundschule Süd.
Total!
Ich hab mich so gefreut, als wir's ins Team geschafft haben.
Ganz im Gegensatz zu dir.
Das meinte ich damals nicht so!
Dein Vater hat damals…
… kein Spiel verpasst und dich immer angefeuert.
Deine Familie doch auch!
Souta hatte immer diese klobige Kamera dabei.
Ja, stimmt!
Ich hab noch unser Foto…
… als Spitzenspieler der Bezirksliga.
Ich auch!
Meine ganze Familie war zum Anfeuern da.
Damals hätte ich nie gedacht…
… dass sich die Dinge so entwickeln würden.

Das war...
... damals unvorstellbar.
Mum, Papa, Opa und Oma...
Wir haben uns so gut verstanden.
Mir kam nicht mal in den Sinn...
... dass Souta unzufrieden sein könnte.
Auch nachdem er uns verlassen hat...
... hab ich mich so bemüht...
... damit wieder alles wird wie früher.
Tsubasa.
Bis neulich unser Tisch zu Bruch ging.

Erinnerst du dich an den ultralangen Tisch bei uns?
Der ist in der Mitte durchgebrochen.
Hä?
Warum das?
Weil meine Mum sich auf mich gestürzt hat.
Und in dem Moment...
... dachte ich mir, ich scheiß jetzt auf alles!
Ab da war mir alles egal.
Wir hatten alle Souta verletzt...
... und danach ...
... stritten wir uns nur noch...
... und taten einander weh.

Ich erinnere mich auch wieder an den Unfall.
Und daran, wie es zu Hause war.
Alles zu tun, damit wir...
... uns als Familie wieder vertragen...
... war so...
... anstrengend.
Nakajima.
Wir haben versucht, uns umzubringen.

Tut mir leid.
Du hast dir schon so viel von mir angehört.
Ich bin dir echt dankbar.

Ach so.
Grüß mal deine Eltern von mir, okay?
Ihr habt euch immer so gut verstanden.
Geht's den beiden gut?
Geht so.
Bei uns ist grad auch der Wurm drin.
Wenn auch nicht so krass wie bei dir.
Hä?
Im Ernst?
Sie reden kaum noch miteinander.
Und wenn sie streiten...
... schieben sie sich gegenseitig die Schuld zu...
... wer dafür verantwortlich ist, dass ich mit Fußball aufgehört hab.
Klingt ja furchtbar.
Ach, geht schon.
Mir fehlt eh der Mut, wegzulaufen.
Es ist nur...

Ich weiß nicht, wie's weitergehen soll.
Also, bis dann!
Weiß ich denn, wie's weitergeht?

Ich will sie nicht mehr sehen.
Wir verstehen einander doch eh nicht mehr.
Aber...
... wie lange kann ich noch davonlaufen?
Und...
... ist davonzulaufen überhaupt richtig?
Minako.

Beruhig dich doch!
Es führt eh nur zum Streit, wenn du da plötzlich auftauchst!
Aber das war Tsu-basa!
Lass mich das klären!
Vertrau mir! Diesmal...
... wird aus uns wieder ...
... die perfekte Familie.

Fukui-Dinosaurier

花火セット
Kapitel 38: Kentas Erinnerungen
Nakajima hat dich also besucht?
Oh!
Souta!
Ich kann nicht glauben, dass er das Interview gesehen hat.
Kaum zu glauben, dass er das Interview gesehen hat!
Wir müssen vorsichtiger sein.
Ja...
...

Hör mal.
Ich hab über vieles nachgedacht.
Beim Anblick von euch dreien...
... fühle ich mich an früher erinnert.
Wir waren auch mal so glücklich.
Wann sind wir so geworden wie jetzt?
Und warum haben wir uns verändert?
Wir sind doch eine Familie...

Ich glaube, gerade **weil** wir eine Familie sind.
Hä?
Die eigene Fami-lie...
... nimmt man irgend-wann...
... als gegeben hin.
Man verletzt sich...
... und verliert den Respekt füreinan-der.
Am Schluss wird dieses hässliche Gefüge von Menschen daraus.
Aber wir sind anders.

Wir kommen aus unterschiedlichen Orten, haben andere Namen.
Als Fremde...
... achten wir mehr aufeinander...
... und können freundlicher miteinander umgehen.
Wir hingegen verletzen uns...
... weil wir verwandt sind.
Und...
... Kenta und Ayano...
... haben zu Hause auch gelitten.
Da wir alle den Schmerz kennen ...
... wollen wir andere davor bewahren.
Äh, na ja...

WU
MM
Chu-basa!
Wah!
Ihr beide seid unglaublich.
Ihr habt viel durchgemacht und blickt trotzdem nach vorn!
Ayano!
Kenta!
Tun wir das...?
Tsubasa ...
Souta muss nicht alles wissen.
Das mag ja sein, Kenta.
Aber Gewalt ist auch keine Lös...
So war das schon immer.

Früher war's haargenau so.
Du darfst andere nicht hauen, Kenta!
Aber... er hat mich so wütend gemacht!
Er hat's verdient!
Warum hörst du denn nicht auf mich?
Hey, Kenta.
Ich hab gehört, deine Mama...
AUSRAST
Hm?
Kenta ...!
POCH
POCH
Wie nervig das damals war.
Immer war irgendjemand enttäuscht.
Aber jetzt ...

Ist doch kein Wunder, so sehr, wie Kenta sich nach Aufmerksamkeit sehnt!
Er ist noch ein Kind.
Man darf ihm das nicht anlasten! Er kann nichts dafür.
Mangelnde Zuneigung im Kindesalter führt nur zu Problemen!
Kenta!
Wir haben dich liiieb!
Jetz hab ich nur noch Vollidioten um mich herum.
Wozu mich zurückhalten?
Kenta.
Kenta!

Danke noch mal!
Als ich...
... meiner Mum erzählt habe, dass ich dir helfe...
... war sie richtig stolz auf mich.
Sie meinte, das landet bestimmt in meinem Zeugnis.
Wenn die Prüfungen durch sind...
Anderen zu helfen ist sehr wichtig!
Weißt du...
Meine Noten sind nicht so gut wie die von meiner Schwester...
... aber gestern hat mir meine Mum nach langer Zeit...
... mal wieder den Kopf getätschelt.
Ich hab mich so gefreut...
... dass ich...
AUSRAST

Au...
Kenta!
Das tut weh.
War nur ein Ausrutscher, oder?
Nur weil dir...
... deine Mama nicht genug Zuneigung gibt.
Ist nicht deine Schuld.
Sag, wenn ich dir helfen kann.
A...
Aua, Kenta!
Aber nicht schlimm.
Ich hasse dich nicht dafür.

Au!
Uhhh...
Autsch.
Tut das weh.
Mathe-Aufgaben
Kenta?
Aua!
Du tust mir weh!
Hör auf!

Kenta.
Kenta!!

So brutal ...
Wah!
Waaah!
Wäääh!

Angeblich…
… hat der andere Junge…
… Kenta nichts getan.
Er ging plötzlich auf ihn los.
In letzter Zeit…
… zeigt sich Kenta recht impulsiv.
Wir besprechen das auch noch mit dem Opfer.
TSCH
WA
Kenta!

Du sollst damit aufhören!
Hör auf, andere zu schlagen!
Jetzt weißt du mal, wie weh das tut!
Warum bist du so?!
Ich weiß nicht!
Ich weiß es doch auch nicht!
Freundchen.
Wenn du das noch mal machst ...
... kriegst du noch viel mehr Prügel!
Nein!
Ach, nein?
Ich werd so oft sauer, bis du es endlich kapierst!
Nein!
Kenta!
Lügnerin...
Kenta.

Tut mir leid.
Das war bestimmt nur ein Missverständnis.
Oder, Kenta?
So war's doch, nicht wahr?
Grundlos würdest du niemanden verletzen.
Das wissen auch alle.
Also gab's doch bestimmt...
... irgendein Missverständnis, oder?

Denn du...

Warum kannst du nicht ein-fach brav sein?
Du bist doch…
… so ein braver Junge.

Tut mir
leid...

Kapitel 39: Soutas Rückerinnerung
Es ist nicht, was du denkst.
Das war keine Absicht!
War eh an der Zeit, dir das Fotografieren aus dem Kopf zu schlagen.
素直な
Wir kaufen dir auch eine neue.
Das verstehst du doch, oder?
Wir sind eine Familie.

Vor 6 Jahren

Bar SPADE
Mutter
Anruf
Annehmen
Kiosk
TOBACCO
Umzüge

4G
1.1.2023
0:00
Keine Benachrichtigungen
Frohes Neues ...
0:00
Frohes neues Jahr!
BUMM
Hey, Schnauze!
Oh.
Sorry.

Strandhütte Meermann
Souta.

Kühlende Tagesdecke
FOR RENT

Habt ihr…
… echt nichts dagegen, dass ich hier übernachte?
Gar nicht!
Hey, Kenta!
Wirklich, mach dir keine Gedanken.
KLICK
Danke…

Fast so...
... als wärt ihr Papa und Mama!
Äh.
Wo denkst du denn hin.
Wir sind kein Paar...
Haha!
Souta.
Schlaf gut.

Kenta.
Warum hast du ihn geschlagen?
War er nicht dein Freund?
Du, am meisten von allen…
… müsstest doch wissen, wie es sich anfühlt, verletzt zu werden.
Sonst bist du doch…
… so
Das hättest du…
… nur gerne!

Du redest dir ein, dass alle verstoßenen Kinder gut sein müssen.
Dass sie von ihren Eltern misshandelt wurden...
... und alle gleich sind wie du.
Du packst das Kenta!
Alle sind Opfer. Und Engel.
Weil du es nur so...
... er-tragen kannst.
Was sagst du da?
So ist es doch auch!
Kein Kind ist böse.
Und wenn du dir selbst die Schuld gibst...
... liegst du falsch.

Tut mir leid.
Was weißt du schon?!
Du weißt einen Scheiß über mich!
Muss jeder, der dir leid-tut...
... auto-matisch gut sein?
Niemand sieht, wie ich...
... wirk-lich bin.

Ich...

... wäre auch gern anders...
... wenn ich's könnte.
...
Kenta.
Das tut mir lei...
Halt die Fresse!
Du hast keine Ahnung!
Mathe
Spar dir dein Mitleid!
Kenta.
Halt's Maul!
Schnauze!
Halt ein-fach deine Fresse!
Kenta...!

Und du hast in Wirklichkeit...
... doch eine Familie!
Hä?
Ayano hat...
... keine Verwandtschaft mehr.
Du wärst nie so herausgeputzt...
... wenn du arm wärst und kein Zuhause hättest!
Nicht mal das ist dir aufgefallen, Souta!
Nein ...
Doch, ist es.
Also tust du, was du immer tust.
Wegschauen, weil du es nicht sehen willst!

Weil du nur einen auf heile Familie machen willst!
Du willst nur ’ne Familie…
… die dir in den Kram passt!
Kenta.
Nein.
Ich wollte doch nur…
Wusstest du es wirklich?
Ich hatte nicht vor…
… euch zu täuschen.
Ich…
Ich hatte es immer leicht…
… hatte nie zu kämpfen wir ihr beide.
… und ein privilegiertes Leben.
Lügnerin!

Du...
... lügst!
Ihr seid alles Lügner!
Alles Vollidioten!
Souta.
Was jetzt?
Wir drei leben jetzt...
... wie eine Familie...
... auch wenn wir gar keine sind.
Wie eine Familie?
Jupp!
Aber anders als eine echte, streiten wir uns nicht.
Wir sind nett zueinander und ehrlich.
Ich bin mir sicher, dann werden wir...

Wieso...
Jetzt sind wir...

... ja
doch wie
eine echte
Familie.

Wäääh.
Wäääh.
Uhhh.
Uh.
Jetzt sind wir…
… ja doch wie eine echte Familie.
note
Kapitel 40
Hm?

Kapitel 40: Soutas Entmutigung

BO
NK
Ah!
Kenta...!
...
Ah!
Warte!
Ich...
... gehe ihm nach!
Ayano!
Sorry.
Hier habe ich ihn verloren.
Okay.
Nicht schlimm.

Strandhütte Tojinbo
Da ist die Strandhütte.
Den Weg hierher kannte er zumindest.
Aber es ist schon spät. Ich hoffe, wir finden ihn bald.
Strandhütte Tojinbo
Ja.
Hör mal.
Souta.
Sorry noch mal, dass ich gelogen habe.
Ich wollte euch nicht täuschen.
Ach.
Mir tut's ja auch leid.
Das alles wollte ich ja auch nicht.
Ich bin an allem schuld.
Quatsch!
Souta.
Ich…

Für mich...
... hat sich das vorhin auch angefühlt wie eine echte Familie.
Weißt du, bei uns...
... haben wir uns nicht mal gestritten.
Ich wuchs wohlbehütet auf.
Oh!
Und damit meine ich nicht, dass wir unseren Ärger...
... runtergeschluckt hätten oder so.
Es gab schlicht keinen Grund, sich zu ärgern.
Bei uns ging's immer harmonisch zu.

Entertainment
Serie
Wie wir uns gegen unsere toxischen Elte behauptet haben
873
... vollen Artikel lesen
Das war mir nur...
Lotto hatte
relative Armut
Was ist das?
Helikopter-Eltern?
Vorsicht vor toxischen Eltern
... zunehmend unangenehm.
Ich schämte mich, glücklich zu sein.
Ich dachte, so gut wie es mir geht...
... würdet ihr mich nicht aufnehmen.
Und dass ich bei euch nichts verloren hätte.
Deswegen habe ich auf bemitleidenswert gemacht.
Weißt du...

Als wir nicht mehr nur...
... alles versteckt und weggelacht haben...
... als wir uns gestritten haben...
... und endlich rauskam, wie wir wirklich fühlen...
... da habe ich mich...
... euch viel näher gefühlt.
Ich habe mich riesig gefreut...
... zu erfahren, was in Kenta vorgeht.
Ich weiß, dass du dich ungern beschwerst, Souta.
Aber manchmal fände ich es schön, wenn du...
... über deine Familie redest oder über deine Ängste und Sorgen.
Wenn wir das hinkriegen...
... dann bin ich sicher, dass wir...
Ayano.

Ich...

Ah...!
Seid ihr Souta, Ayano und Tsubasa?
Ich... ... bin Kentas Mutter.
Ich habe gehört, dass ihr euch in meiner Abwesenheit um ihn gekümmert habt.
Ach.
Ich bin so froh, dich gefunden zu haben!
Mama!
Ma-maaa!
Mein Ken-ta!
Warum warst du plötzlich weg?
Aber das weißt du doch!
Du bist dumm!
Ich musste wegen der Blinddarm-OP länger im Krankenhaus bleiben.
Ich sagte doch, du sollst zu den Nachbarn...
Mamaaa!
...
Hm?
Kenne ich sie irgendwoher?

Hä?
Papa?!
Ich hab doch gesagt, ich bin in Fukui.
Was? Du kommst mich abholen?
Aber es sind noch Sommerferien!
Jetzt wein doch nicht, bitte!
Ist gut.
Ich schau kurz vorbei.
Ma-maaa!
Du bist blöd!
Das sagt der Richtige!
Ich bin umgekommen vor Sorge!

Souta.

Tu's nicht.
Wirf es nicht weg.
Fukui Hbf
もえるゴミ
Auf meinem wurde rumgetrampelt.
Aber ich werd's auch behalten.
CAKE

Souta.
Wie geht's jetzt weiter?
Fukui, Stadt der Dinos
Tokyo <-> Fukuyama 2:07 Stunden
Fukui Bay
Was hab ich mir eigentlich eingeredet.
Ohne Scheiß.
Komplett Fremde...
... die harmonisch zusammenleben?
Und ewig aufeinander Rücksicht nehmen?
Wer's glaubt.

Mir ging's doch nur um mich.
Ich hab zu viel von Kenta verlangt...
... und Ayano dazu gebracht, sich zu verleugnen.
Bis am Schluss...
... alles zusammengebrochen ist wie bei einer echten Familie.
Bis nichts mehr übrig war.
Warum muss es immer so kommen?
Liegt es an mir?
Was hätte ich denn tun sollen?
Souta.

Willkommen
Dich deswegen fertig zu machen, bringt jetzt auch nichts.
Gehen wir zurück zu unserer Familie! Den Ichinoses!

...
Was?
Ich frag mich ständig ...
... warum unsere Familie...
... sich so verändert hat.
Aber dann hab ich euch gesehen.
Fremde, die nett zueinander sein wollen.
Und dann doch aneinandergeraten...
... wie jede normale Familie da draußen.
Die ganze Grübelei führt zu nichts.
Hä?!
Moment mal, du ...
Selbst Nakajima hat uns gefunden.
Wir können nicht ewig vor unserer Familie davonlaufen.
Also lass uns einfach zurück zu ihnen!
Nein!
Du sagst, du willst zurück...

... aber wozu?
Weiß ich auch nicht!
Aber das könnten wir rausfinden, wenn wir zurück sind!
Ich hab vergessen, wie du sein kannst.
Auf keinen Fall!
Zurück...
... bei den anderen.
Oma und Opa sind beide komatös.
Papa ist ständig platt wegen der Arbeit.
Mum rastet immer aus.
Und Shiori ist kaum noch zu Hause.
Aber du bist am Leben, Souta!
Hä?
Egal was war...
... wir sieben sind...
... nach wie vor die Familie Ichinose!
Also...
Hey?

Fukui
駅弁
かにめし
Lass uns zurück...
... nach Tokyo!

Bei uns zu Hause stimmt was nicht.
Das ist doch nicht normal.
Ich...
... habe seit dem Unfall immer den gleichen Traum.
Deine Oma, Sachie Ichinose...
... ist aus unbekanntem Grund ins Koma gefallen.
Tsubasa.
Kapitel 41: Familie Ichinoses Wiedersehen
Tsubasa!

Guckst du Löcher in die Luft?
Alles okay?
MILK TEA
Ich hab Eis gekauft, magst du was?
ICE TEA
Klaaar!
KATANG
KOTONG
KATANG
KOTONG

Hey, wollen wir das nicht doch abblasen?
Wir schaffen das auch ohne unsere Familie!
Du musst nicht, wenn du nicht magst.
HEEEUL
Allein kann ich dich auch nicht gehen lassen.
Ich bin schon schlimm genug als Bruder.
Nanu? Hab ich gesüßten Tee gekauft?
ICE TEA
Und es streiten also immer noch alle?
Mum und Papa?
Nicht wirklich.
Sie sind nur irgendwie komisch.
Seit ich wieder wach bin.
Aber zum Schluss hat's noch mal gekracht.

Und warum bitteschön sollen wir dann zurück?!
Ah! Souta!
Wir müssen umsteigen!
Hör mal.
Auch wenn du zurückgehst...
... wirst du das nicht mehr flicken können.
Misch dich auf Teufel komm raus ein, und du wirst nur verletzt werden.
Also erwarte lieber nichts.
Aber das muss ich dir nicht erst sagen.
Sonst wärst du nicht nach Fukui gekommen.
Es ist sinnlos...
Ich...

Gerade will ich...
... nur alle wiederse-hen und ein paar Dinge klären.
Was ist nach dem Unfall...
... mit unserer Familie passiert?
Wie sehen die anderen das?
Und was ist dieser Traum?
Souta.
Souta.

Das wird schon!
Du hast in Fukui doch...
... einen astreinen Ersatzpapa abgegeben!
Ist das...
... Sarkasmus?
Hä? Nein!
Es hielt zwar nicht lange...
... aber ich finde, du warst ein toller Papa.
Du bist davongelaufen, als wäre der Tod hinter dir her!
Und jetzt ist wieder alles in Butter?
Ach, Quatsch!
Ich war nur kurz verwirrt.

Tsubasa.
Du meintest, dass Oma und Opa…
… beide im Koma liegen?
Geht's ihnen so schlecht?
Ja.
Als ich aufwachte, war Opa schon…
Verstehe.
Hä?
Der schmeckt wirklich total süß…?
Tsubasa.

Was diesen Traum angeht...
Aber bei Oma kam's ganz plötzlich.
Damit hat niemand gerechnet.
Hä?
Sie war nicht krank. Niemand kennt den Grund dafür.
Mein Tsubasa.
Der ist für Kozos Zimmer...
Ich bin dann direkt nach Fukui abgehauen.
Keine Ahnung, wie es weiterging.
Tsubasa.
Ist das...
Ah!
Der Schlüssel.

WABER WABER
WABER
WABER

Oh!
Na, endlich!
Da wären wir!
DING
DONG
Ist so lange her…
… ich bin ganz nervös.
Ja, bitte?
KLACK
Äh.
Ich bin zurü…

... ck...
Hä?
Und wer bist du?
Hm?
Wer ich bin?
Das ist mein Zuhause.
Ich wohn bei Ichinose.
Ähm...
Jemand namens Ichinose...

Yamauchi
... wohnt hier nicht.

Mein Tsuba-sa...

Tsubasa!
Gott sei Dank! Endlich bist du wach!
Ich rufe die Schwes-ter!
Unser Tsubasa.

»Unser« Tsubasa? Sag nicht, ich...
Wir alle...
Unsere ganze Familie...
... leidet unter Gedächtnisverlust.

Diesmal bin ich mir bewusst…
… dass ich träume.
Dass wir alle das Gedächtnis verloren haben…
… kann nicht sein.
Souta jetzt auch?
Wieso habe ich wieder diesen Traum?
Wieso um alles in der Welt…
紅茶

Heiß! Bento mit
Rinderzunge
Gelee

Was hat das zu bedeuten?
Kapitel 42: Shioris Rückerinnerung
Wieso schon wieder dieser Traum?
Wie lange träume ich schon?
Ich bin mit Souta zurück nach Tokyo gekommen.
Und dann...
Auf nach Tokyo!
Jemand namens Ichinose...
... wohnt hier nicht.
Das war schon der Traum, oder?
Weil...

Der Tee in der Flasche...
... hat so merkwürdig geschmeckt.
Genau wie damals vor dem Unfall.
Tsubasa!

Du hast recht.
Wir befinden uns in einem Traum!
Irgendwo auf dem Rückweg...
... muss uns jemand ein Schlafmittel untergemischt haben.
Hä?
Die anderen schlafen bestimmt auch.
Aber eine Person gibt nur vor, nichts zu wissen.
Und sie hat uns in diesen Traum gezerrt.
Ich hab schon einen Verdacht.
Wir müssen sofort aufwachen...
... sonst vergessen wir wieder alles.
Das ist doch verrückt!

Hör auf mit dem Scheiß!
Was? Papa?
Das mit dem Traum …
… und auch Opas Nachforschungen …

Weck uns sofort aus diesem Traum auf...
... Papa!
Nur du weißt so viel darüber.
Für dich war's auch nicht immer leicht...
... aber sich in einen Traum zu flüchten, bringt auch nichts!
Oh...

Also...
Wenn ihr aufwachen wollt...
... könnt ihr das jederzeit tun.
Ich müsst es nur wollen.
Jedoch...
... glaube ich nicht...
... dass die anderen das auch wollen.
Niemand möchte aufwachen...
... und zurück zu unserem wahren Familienleben.
Dieser Traum ist ideal für uns.

Ich möchte, dass meine Familie...
... glücklich ist und lachen kann.
Solange niemand das Leid vorzieht...
... möchte ich allen diesen Traum erfüllen.
Endlich sind wir sieben wieder beisammen.
Ich lasse niemanden mehr zwischen uns kommen.
Du drückst dich doch nur vor der Wahrheit!
Wie konntest du das zulassen?!
Papa!
Du verstehst das nicht.
Ach, nein?

Du beschuldigst mich, ich würde mich drücken.
Aber nach Fukui zu gehen…
… und mit Fremden eine Ersatzfamilie zu gründen…
Was ist daran bitte anders?!
Eure Mum…
… hat so geweint.

Sich zu wünschen, man könnte nochmals von vorn anfangen und alles vergessen...
Ist das denn wirklich so schlimm?
VNNN
VNNN
VNNN
Für mich nicht...

VNNN
Alles okay...
... Souta?
Äh, ja.
VNNN
Wir...
... müssen unbedingt aufwachen.
VNNN
Bevor der Traum uns verschluckt.
VNNN
Genau, Souta!
Gehen wir zurück nach Hause!
Aber wie meinte er das, dass dieser Traum...
... ideal wäre?
Hey ihr zwei!

Oh!
Shiori!
Wir essen gleich!
Kommt endlich!
Hä?
Ich...
... bin so glücklich!
Dass ich zwei Brüder habe.
Wenn ich »Bruder« sage, weiß niemand, wer gemeint ist.

Ich wünschte, ich hätte...
Darf ich dich Sou nennen?

Kindergrößen
... alles vergessen und von vorn anfangen können!

Aber ich sag doch, ich will...
... Kara-melleis!
Du hattest gerade geras-peltes Eis!
Bei zwei Kugeln gibt's 100 Yen Rabatt!
Die Geschichte von Eis lässt sich bis ins Römische Reich zurü folgen, z Zeiten, als Cäsar...
Tolle Hilfe bist du, Kakeru!
Shiori.
Bist du okay?
Mum, ich geh kurz...
Was?
... mit Shiori zum Klo.
Gott-chen, Shiori.
Du bist ja ganz blass.
Danke dafür, Souta.
Klar.

Kopf hoch, Shiori.
Sou hat sich…
… immer um mich gekümmert.
Bruder!
Bruder!
Ich dachte, daran würde sich nie etwas ändern.

Könnte ich doch nur alles vergessen und noch mal bei null anfangen...
Wo streunst du denn immer rum?
Nicht dass es mich juckt...
Ich will, dass wir wieder rumalbern können.
Dass man mich beachtet.
Dass man sich um mich sorgt...
... und mich vermisst, wenn ich länger weg-bleibe.
Aber am meis-ten...

Bist du okay?
Shiori...
Sou!
Ich bin auf deiner Seite!
Opa und die anderen sind dagegen, dass du Fotograf wirst.
Aber wenn du mit ihnen redest, werden sie es verstehen.
Warum sprichst du nicht erst mal mit Oma oder Mum?
Ich werde mich für dich starkmachen! Irgendwann müssen die es ja checken.
...
Shiori.

Danke, das ist lieb...!
Ja, klar. Von wegen!
Hätte ich doch nicht immer...
... so viel Drama gemacht...
... und ständig nur geheult.
Ich will endlich aussprechen, was ich damals nicht sagen konnte!

Shiori.
Schon gut...
Shiori?
POCH
Was hast du?
Wenn ich all das hinter mir lassen könnte...
Ach, gar nichts.
... dann könnte ich diesmal...
... Sou beschützen.

Alle…!!

Ah! Was für ein Saustall?!
Echt mal.
Räumen wir erst mal auf.
Kapitel 43: Soutas Wunsch
Tsubasa.
Lass uns aus diesem Traum abhauen!
Ja!
Aus irgendeinem Grund erinnern nur wir und Papa uns.
Aber diesmal stimmt irgendwas nicht.
Wir sollten auch die anderen aufwecken.

Wir packen das, Souta!
Ich geb auch mein Bestes!
Allein war ich bisher hilflos.
Aber jetzt habe ich ja dich!
Und mit dir bin ich mir sicher, dass es diesmal klappt!
Du und dein...
... Optimismus immer!
Könnte genauso gut sein, dass auch wir wieder alles vergessen.
Hä?
Wie meinst du das?

Die Tür...
... war nicht abgeschlossen.
Worüber redet ihr?
Ah!
Mum!
Sag ...
... erinnerst du dich an nichts?
Was uns passiert ist, kann gar nicht sein!
Hör auf!
Aber so geht's viel schneller!
Nicht so leichtfertig! Besonders...
... nicht zu ihr!
Ich muss doch bitten!

KKA
ホットココア
PURE COCOA
Also.
Was ist hier los?
Trinkt den Kakao und beruhigt euch.
Hier ist auch noch mehr Milch.
Mum.
Hörst du uns zu?
Natürlich!
Amnesie hin oder her, ihr seid meine Söhne und euch brennt etwas unter den Nägeln!

Natürlich höre ich euch zu.
Wir sind doch Familie.
Gut.
Also...
Puh, bin ich erschöpft.

Alles okay, Mum?
Ah, Souta! Das musst du dir anhören!
Souta!
Gutes Timing!
Ich las da diesen Artikel...
Hör dir das an.
Kozo hat doch glatt...
Ich will mich nicht bei dir aus-heu-len...
... aber das Meeting heute war echt...
Hör mal, Souta!
Wir ha'm heute St Schere, Pa gespiel die Milch der Sch und i dreim gew
Mein Leh-rer...
... hat mich ge-lobt für das...
... Bild vom Feu-erwehr-auto.
Und dann...

Schon immer...
... hörte ich anderen gerne zu.
Ich mochte ihre Geschichten.
Ich glaube...
... ich bin ein guter Zuhörer und dass mein Gegenüber...
... sich mit mir wohlfühlt.
Aber...
Ah!
Weißt du, ich hab vorhin...
KLANK
Verdammt!
Ich muss noch die Wäsche reinholen!
Sorry, wolltest du was sagen?
Nein, nein.
Ich helfe dir.

War sowieso nicht so wichtig.
Ich hab vorhin nur einen Windhund gesehen.
Und wir bereiten gerade das Schulfest vor.
In meiner Klasse sind schon alle ganz heiß auf den ersten Platz.
Und in letzter Zeit...
... macht mir das Fotografieren voll Spaß.
BEER
ALC 0.00%
Ich glaube, ich...
... denke noch mal über mein Studium nach.
Könnte ich euch dazu ein paar Fragen stellen?
Wenn ihr mit reden fertig seid.
Geht auch ganz schnell.
Nur ganz kurz.

Ich brauche nur kurz euren Rat…
Souta!
Warte mal!
Du kannst doch nicht einfach gehen!
Das mit deiner Kamera war ein Unfall, ich kann's dir erklären!
Hör mir doch zu!
Dir zuhören?

Du hast mir noch kein einziges Mal richtig zugehört!
Souta.
Souta!

Alles in Ordnung...?
Lass uns besprechen, wie's weitergeht!
Wie sollen wir hier rauskommen?
Vielleicht wissen Oma und Opa ja auch noch was?
Sag doch was!
POCH
Sorry.
Kann das bis morgen warten?
Ich muss noch...
... mit Mum sprechen.
Hä?
Natürlich höre ich euch zu.
Auf einmal...?

Souta.
Du bist ganz blass.
Du warst heute Mittag plötzlich weg.
Geht's dir gut?
Ruh dich lieber aus, wenn du dich matt fühlst.
Lenk nicht ab!
Oder ist das deine Lösung für alles...
... wenn's ungemütlich wird?
Also echt. Was meinst du denn?
Ich will nur, dass es dir gut geht.
Und jetzt raus mit der Sprache. Was ist?

Nicht du stellst hier die Fragen...
... sondern ich!
Und mach nicht einen auf gute Mutter!
Was meinst du?
Erklär's mir doch! Ich will es auch verstehen!
Ich bin ganz Ohr!
Auf einmal?
Ich hab dir nichts zu sagen.
Du glaubst mir sowieso nicht.
Okay.
Dass wir alle an Amnesie leiden, ist unmöglich.
Wir wünschen uns das nur.
Papa hat's zugegeben.
Okay.
Ist eh sinnlos, dir das zu sagen, aber...
Auf einmal?
Jetzt?
Auf einmal?
Warum...
... ausgerechnet jetzt?

Also?
Fahr fort.
Auf einmal hört sie mir zu?!
Zu spät!
Tu doch nichso, als würdest du mich verstehen!
Oder als würd's dich überhaupt interessieren!
Mir hört doch sowieso nie...
... jemand zu.
Souta.

Kann es sein...
... dass du gerne fotografiert hast?
Das hab ich gefunden.
Da sind so viele schöne Fotos drin.
Und dein Name stand darunter, also...
Wenn du dich an irgendwas erinnerst...
... teilst du es mit mir?
Dieses...
... Album...

Das habe ich angefangen, weil ich wollte, dass ihr...
... meine Fotos seht.
Oh!
Dann fotografierst du also echt gern!
Ja.
Sehr sogar.
Willst du mal Fotograf werden?
Schön wär's!
Opa ist dagegen. Er hat...
... andere Pläne für mich.
Dann rede ich mit ihm!
Was?
Tut mir wirklich leid, Souta.
Du konntest uns das bestimmt nie sagen...
... weil wir dich immer zugeschwafelt haben.
Aber ab jetzt kannst du alles sagen!
Auch, was dich stört...
... oder was dich bedrückt.

Ich hab immer ein offenes Ohr für dich.
Du bist doch unser kostbarer...

Tsubasa.
*Kritzeleien: Stirb
Shiori.
Ich…
… möchte hierbleiben.
Ist das so schlimm?
Hier haben wir die Chance, alles wiedergutzumachen.
Den anderen geht’s auch so.
Außerdem…
… hast du selbst gesagt…
»Eine Familie…
… muss lachen können.«

Shiori.
Aber das würde bedeuten, dass...
Fortsetzung folgt

Durcheinander
Mooorgen.
Ah!
Morgen, Ayano!
Ich hab Pfannkuchen gemacht.
Danke, Papa.
Willst du nicht von der Wirtschaft weg und Konditor werden?
Die Windbeutel neulich waren auch gut!
Echt?
GLUCKS
Mein Zuhause…
… befindet sich in Tokyo, im Minato-Bezirk an der Haltestelle Shirokane-takanawa.
Wir können uns ein zweistöckiges Haus aus Stahlbeton leisten, und zwei Autos.

Toxische Eltern und ihr
Also…
… was meine Alten angeht…
Die mischen sich in alles ein.
Jeder Schritt von mir wird analysiert.
Als könnte ich nicht selbst für mich denken.
Meine wehren sich gegen mein Studium.
Die geben mir nicht einen Cent!
Ayano kriegt ein Stipendium, oder?
Sie hat's bestimmt auch nicht leicht.

Mich für mein Leben zu schämen...
... wäre unfair meinen Eltern gegenüber, die mich großgezogen haben.
Aber so viele auf dieser Welt haben es so viel schlechter als ich.
SPENDEN FÜR DIE ERDE
Ich ertrage das nicht mehr.
Aber ich...
... habe kein Leid, das ich vorzeigen könnte.
»Vorzeigen«...?
In diesem Moment...

Ich möchte nicht...
... über meine Familie reden.
Ich hab sie vier Jahre nicht mehr gesehen.
Er redet...
...mit mir...
Mein altes Handy...
... hab ich im Park weggeworfen.
Ich wollte alle Verbindungen kappen.
Hab mir dann ein neues von OPPO gekauft.

O...
Ob er wohl... ... eine Freundin hat?
Ich hatte unlautere Motive...
... aber diese armen, reinen Menschen...
... schienen alles zu besitzen, was mir fehlte.
Ich verfluchte mich dafür...
... aber ich gab mich als eine von ihnen aus...

Ichinose
Souta Ichinose
Kontakt löschen?
Ja
Nein
Was ist los?
Oh.
Nichts, nichts.
... bin ich maximal durcheinander.
Auch heute wieder...

THE ICHINOSE FAMILY'S DEADLY SINS

THE ICHINOSE FAMILY'S DEADLY SINS

THE ICHINOSE FAMILY'S DEADLY SINS

HALT!

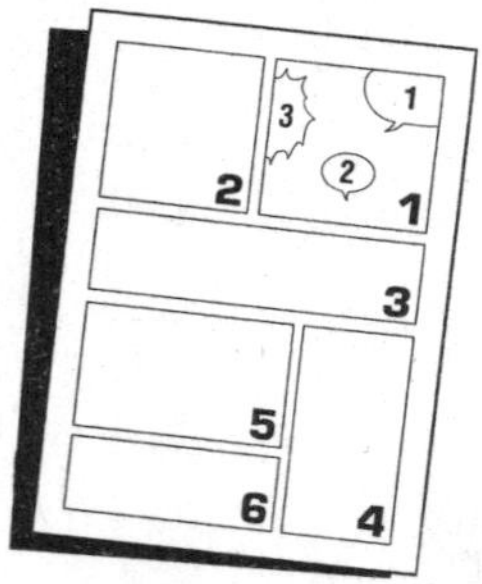

ist eine japanische Serie, die originalgetreu von »hinten« nach »vorne« und von rechts nach links gelesen wird! Schlagt das Buch also »hinten« auf und blättert Seite für Seite nach »vorne« weiter! Auch die Bilder und Sprechblasen werden von rechts oben nach links unten gelesen, wie es in der Grafik gezeigt wird! Hayabusa wünscht gute Unterhaltung!

HAYABUSA
2025 Carlsen Verlag GmbH, Völckersstraße 14-20, 22765 Hamburg
Aus dem Japanischen von Gandalf Bartholomäus

First published in Japan in 2022 by SHUEISHA Inc., Tokyo.
German translation rights in Germany, Austria, Luxembourg and German-speaking Switzerland arranged by SHUEISHA Inc. through VME PLB SAS, France.
Covergestaltung: Sonnenfisch Production – Laura Bartels
Redaktion: Lisa Duty
Produktionsmanagement: Celina Wendt

ISBN: 978-3-551-62465-9